AF337568

A Monsieur le baron Larrey

Souvenir de sa maison natale

par son humble historien

Auguste Vitu

LA MANSARDE DE BONAPARTE

AU QUAI CONTI

Extrait
du *Bulletin de la Société de l'Histoire de Paris et de l'Ile-de-France*,
novembre-décembre 1884.

LA MANSARDE

DE BONAPARTE

AU QUAI CONTI

PAR

AUGUSTE VITU

PARIS

1885

LA MANSARDE DE BONAPARTE

AU QUAI CONTI.

I.

La maison numérotée 5 du quai Conti, formant l'angle droit de la rue de Nevers, sur laquelle elle compte pour le numéro 2, portait encore, il y a quinze ans, l'inscription suivante en lettres dorées sur une plaque de marbre noir : « Souvenir historique. *L'Empereur Napo-* « *léon Bonaparte, officier d'artillerie, sortant de l'école de Brienne,* « *demeurait au cinquième étage de cette maison.* »

Cette inscription, posée en vertu d'une autorisation impériale du 19 octobre 1853, disparut quelque temps avant le 4 septembre 1870. Il n'y a pas lieu de la regretter; elle était aussi fausse dans le fond que dans la forme, ce qui se discerne aisément.

Les séjours temporaires et intermittents du jeune Bonaparte au quai Conti ne sont connus que par les Mémoires de madame la duchesse d'Abrantès, publiés il y a cinquante ans. M. de Permon, père de la duchesse, et sa famille vinrent habiter le quai Conti en 1785. Le jeune Napoléon Bonaparte avait quitté l'école de Brienne le 14 octobre 1784 pour entrer à l'École militaire de Paris le 22 du même mois. « Mon père, » disent les Mémoires, « qui connaissait une « grande partie de ses chefs, le fit sortir quelquefois pour le distraire. « On prit pour prétexte un accident, une entorse, et Napoléon passa « toute une semaine dans notre maison. Lorsque encore aujourd'hui « je passe sur le quai Conti, je ne puis m'empêcher de regarder une « mansarde, à l'angle gauche de la maison, *au troisième étage.* C'est « là que logeait Napoléon toutes les fois qu'il venait chez mes parents. « Cette petite chambre était fort jolie. A côté se trouvait celle de mon « frère. » (T. Ier, p. 54.)

Ce premier renseignement suffit pour mettre hors de cause la maison n° 5 du quai Conti et pour démontrer l'inexactitude totale des énonciations que contenait l'inscription disparue. La maison n° 5 est une vieille construction, non remaniée, qui se termine par des mansardes prises dans le toit, au-dessus de quatre étages carrés, tandis que, d'après le témoignage positif de madame d'Abrantès, la mansarde de Bonaparte était au troisième étage. Il n'est besoin d'ailleurs d'aucun témoignage pour faire ressortir les autres erreurs de l'inscription. Ce n'était pas de l'école de Brienne, mais seulement de l'école de Paris que Bonaparte pouvait sortir pour venir coucher au quai Conti ; enfin, à cette époque, il n'était pas officier d'artillerie, mais simple cadet gentilhomme.

Il reste maintenant à découvrir sur le quai Conti une maison qui réponde à cette double condition : 1° de posséder un troisième étage en mansardes ; 2° qu'une de ces mansardes occupe l'angle gauche de la maison, désignation qui implique l'existence d'une façade angulaire sur une voie publique ou sur une cour.

La recherche et la découverte n'ont été ni difficiles ni longues. Une seule maison du quai Conti satisfait aux données du problème, c'est l'ancien hôtel de Sillery, portant depuis l'année 1806 le n° 13 sur le quai Conti, et s'ouvrant par une porte cochère numérotée 2 sur l'impasse du même nom, ci-devant impasse de la Monnaie, ci-devant cul-de-sac de Laverdy.

Je ne signale que pour ne rien omettre la singulière affirmation de Girault de Saint-Fargeau : « C'est à l'angle gauche de la Monnaie, au « troisième étage, que demeurait Bonaparte toutes les fois qu'il avait « permission de découcher de l'École militaire pour aller chez M. de « Permon, père de la duchesse d'Abrantès. » (*Les quarante-huit Quartiers de Paris*, 3° édition, in-18, p. 422.) Il aurait fallu, pour justifier cette supposition en l'air, que M. de Permon habitât l'hôtel de la Monnaie. Mais il n'y pas lieu de s'y arrêter. La suite des Mémoires de la duchesse d'Abrantès fournit des éléments assez précis pour éliminer l'hôtel de la Monnaie et pour fixer l'identité de l'hôtel de Sillery avec la maison qu'habita la famille Permon de 1785 à 1792.

Un premier souvenir d'enfance rappelle à mademoiselle Laure de Permon le comte de Périgord, cordon bleu, gouverneur des États de Languedoc, « lorsqu'il entrait dans le vaste et long salon de l'hôtel » du quai Conti. Ce vaste et long salon existe encore au premier étage de l'hôtel de Sillery, large seulement de trois croisées en façade, mais s'étendant en profondeur parallèlement à l'impasse ; ce que confirme un autre passage des Mémoires : « Le 6 octobre (1789) surtout me « frappe encore dans mes souvenirs, de manière à me serrer le cœur ; « je vois ma mère faisant fermer dès trois heures de l'après-midi les « volets du salon de réception dont les fenêtres donnaient sur le « quai. » (T. I, p. 126.)

Enfin, un incident dramatique, qui mit fin au séjour de la famille Permon dans l'hôtel du quai Conti, achève d'en déterminer l'emplacement. Ceci se passe le 10 août 1792, le jour de l'attaque des Tuileries par les Marseillais : « Mon père ne rentrait pas ; ma mère pleurait « et se tordait les bras ; mon frère allait à chaque instant à la porte « cochère ; la position de la maison dans cette partie isolée permettait

·« qu'il y restât même sans danger. Il avait même été jusque sur le
« quai..... Enfin, dans l'un de ses voyages à la porte cochère, mon
« frère vit un homme tourner le coin de l'hôtel du côté du quai.
« C'était bien lui (M. de Permon). Il fut prendre une personne qu'il
« avait laissée dans le renfoncement de l'arcade de la Monnaie... La
« soirée fut orageuse. La demi-lune que forme l'espèce de place qui
« est en cet endroit du quai nous mettait dans une position moins
« fâcheuse que les autres maisons, en ce que nous étions moins en vue
« et que nous entendions moins les imprécations épouvantables que
« proféraient les gens, ivres de sang et de vin, qui parcoururent
« Paris pendant toute la nuit. » (*Ibid.*, pp. 135 et suivantes.) Le len-
demain 11 août, Laure de Permon et son frère quittèrent le quai Conti
pour être confiés aux soins de mademoiselle Chevalier, institutrice,
rue du Faubourg-Saint-Antoine, et leurs parents s'éloignèrent de
Paris.

Ces derniers renseignements, coordonnés entre eux, ont la précision
d'un plan topographique. L'espèce de place ou de demi-lune désigne
clairement l'espace compris entre le quai et la façade en retraite
de quatre maisons aujourd'hui numérotées 13 à 19, isolées de l'hôtel
de la Monnaie à gauche, par l'impasse Conti, et du palais de l'Institut à droite, par une autre impasse ou cour intérieure de ce même
palais, fermant sur le quai par une porte charretière qui porte le
n° 21, tout contre le pavillon Est. Cet espace libre a porté les noms
de place Conti, petite place Conti, place des Quatre-Nations et place
de la Monnaie.

Enfin, cette porte cochère, qui n'ouvre pas sur le quai, où l'on
accède en tournant le coin de l'hôtel du côté du quai, et d'où l'on
aperçoit l'arcade latérale de la Monnaie, c'est-à-dire la baie de la
grande grille aujourd'hui numérotée 1 sur l'impasse, est, sans contes-
tation possible, la porte cochère de l'hôtel de Sillery.

Cette certitude acquise, j'ai pensé qu'elle pouvait être corro-
borée par quelqu'une de ces traditions locales, dont j'ai mainte fois
constaté la persistance à travers les bouleversements de Paris. Je
me suis adressé tout d'abord à M. Pigoreau, libraire-éditeur, successeur de la vieille maison Nyon, installée au quai Conti depuis
quatre-vingt-seize ans et au rez-de-chaussée de l'hôtel de Sillery
depuis quatre-vingt-quatre ans. Pendant que j'exposais l'objet de ma
visite, une voix de femme s'éleva dans la pièce attenante : « Mais
« certainement c'est ici; j'ai logé là-haut quand j'étais petite, et ma
« mère m'a toujours dit que j'occupais la propre mansarde de
« l'empereur Napoléon. » Cette voix était celle de mademoiselle
Maire-Nyon, l'intelligente et respectable survivante de cette dynastie
de libraires. On me pardonnera la familiarité de ce récit, qui ne me
paraît pas déplacée en matière d'histoire anecdotique.

Je reçus, à quelque temps de là, sous la date du 26 août 1882, une lettre que m'écrivait un autre descendant de la famille Nyon, M. J. Roussel, et dont j'extrais ici quelques passages :

« Ma grand tante, madame Nyon, avait à la fin du siècle dernier son « magasin de librairie dans un des pavillons de l'Institut. Au moment « du Consulat, quand on donna congé aux locataires qui occupaient « des dépendances de l'ancien palais Mazarin, elle transporta son éta- « blissement place Conti, au coin de l'impasse. Dans ma jeunesse, je « lui ai plusieurs fois entendu dire qu'à cette époque, les locataires et « le concierge de la maison disaient que, quelques années avant, le « général Bonaparte y avait occupé un logement au troisième étage. »

J'ajoute que le *Catalogue chronologique des libraires et libraires- imprimeurs de Paris*, publié en 1789 par Lottin de Saint-Germain, fixe authentiquement à l'année 1788 l'établissement au pavillon E. des Quatre-Nations du libraire Pierre-Michel Nyon, chef d'une branche cadette de cette famille Nyon qui exerçait le commerce de la librairie à Paris depuis 1580. Particularité singulière, une autre personne du même nom, réunissant en elle deux illustrations de la vieille bour- geoisie parisienne, Marie-Anne Didot, femme de Jean-Luc Nyon Ier, et grand mère de Pierre-Michel, était morte à la place Conti le 15 sep- tembre 1747.

Revenons à l'hôtel de Sillery.

Les origines de cette habitation remarquable, dont Brice a fait l'éloge [1], sont établies par Gourville, dans quelques lignes de ses Mémoires, se rapportant à la fin de l'année 1659 : « J'allay loger dans « une autre maison que madame du Plessis Guénegaud m'avoit fait « bastir dans une place appartenant à M. du Plessis, tout devant « l'hostel de Nevers, qui leur appartenoit alors; elle me la fit meu- « bler; et c'est aujourd'huy l'hostel de Sillery. » (Bibl. nat. ms. fr. 17494.)

Henri de Guénégaud sieur du Plessis-Belleville, marié en 1642 à Élisabeth de Choiseul Praslin, fille du maréchal, s'était porté adju- dicataire de la plus grande partie du terrain de l'hôtel de Nevers, morcelé et mis en vente par lots. Il y perça la rue qui porte son nom ; puis, dans le rectangle irrégulier compris entre cette voie nouvelle, le quai et les jardins du collège des Quatre-Nations, il fit construire par

---

1. « Dans le recoin de cet hôtel (Conti) est une grande maison, qui ne « paroît point en dehors, et qui dépend aussi de cet hôtel. On ne peut guère « desirer de bâtiment mieux entendu et plus propre. » Brice. Éd. de 1697, II, 239. — « Dans le recoin ou cul-de-sac à côté de l'hôtel de Conty, il y a une « grande maison qui ne paroît point en dehors, dont la décoration exté- « rieure est d'une grande beauté, laquelle est aussi du dessein de Mansart. » Éd. de 1706, II, 383.

HOTEL SILLERY

FAÇADE PRINCIPALE, IMPASSE CONTI, N° 2

Mansart un hôtel dont la façade principale, tournée vers l'occident, était perpendiculaire à la Seine. La porte d'honneur s'ouvrait à peu près à la place où s'ouvre aujourd'hui la voûte latérale de l'hôtel des Monnaies, numérotée 1 sur l'impasse Conti, la même que madame d'Abrantès signalait dans son émouvant récit de la soirée du 10 août 1792.

Il fallait naturellement laisser un espace libre devant cette grande entrée, et fournir à l'hôtel Guénegaud une voie de dégagement plus commode et moins encombrée que le quai. C'est ce qui fit créer l'impasse et la place Conti.

Un lot de terrain, joignant par derrière la façade méridionale de l'hôtel et les jardins, se trouva libre de l'autre côté de l'impasse. C'est là que madame de Guénegaud fit construire par Mansart, l'architecte de son grand hôtel, la maison qu'elle loua toute meublée à Gourville en 1659. Gourville en fixe lui-même l'identité avec l'hôtel du n° 2 actuel de l'impasse par ces paroles expresses : « Et c'est aujourd'huy l'hostel « de Sillery. » Les mémoires de Gourville furent écrits en 1702 ; il y avait longtemps déjà que l'hôtel appartenait aux Sillery, ainsi que le prouve l'État et partition de la ville de Paris, dressé en 1684, lequel enregistre, à la suite du pavillon E. du collège Mazarin, en remontant vers le Pont-Neuf, quatre maisons appartenant au s^r Lambert[1], sous les n°s 257 à 260 ; puis, sous le n° 261, toujours en remontant vers l'est, « l'hostel de Sillery, occupé par M. le marquis de Sillery ; » enfin sous le n° 262, « le grand et le petit hostel de Conty, occupé par « M^r et Mme la princesse de Conty (sic) et M^r le prince de Conty et « M. le prince de la Roche-sur-Yon. » (Bibl. nat. ms. fr. 8604, f° 188.)

La princesse de Conti (Marie-Anne Martinozzi), veuve en 1666 du frère cadet du grand Condé, avait acquis le 30 avril 1670 l'hôtel Guénegaud, en échange de la terre et du château du Bouchet, près Paris, et de l'hôtel Conti au quai Malaquais[2].

A la mort de madame du Plessis Guénégaud, qui laissa des affaires

---

1. Brice (éd. de 1687, II, 239) signale, dans l'une de ces maisons, le riche cabinet d'art et de curiosités de M. l'abbé de la Chambre, de l'Académie française (Pierre Cureau de la Chambre, curé de Saint-Barthélemy). Son acte de décès porte qu'il mourut le 15 avril 1693 « en sa maison, sur la « paroisse Saint-André-des-Arcs, au-dessus de la porte du collège Mazarin. » On peut inférer de là que cette maison était la première à droite, aujourd'hui numérotée 19 sur le quai Conti, et attenant au passage intérieur de l'Institut, qui porte le n° 21.

2. Cet hôtel, bâti par le cardinal Mazarin pour y loger sa nièce Marie-Anne Martinozzi, fut successivement l'hôtel de Conti, de Créquy, de la Trémoille, de Lauzun, de la Roche-sur-Yon, de Mazarin, de Juigné et du ministère de la police générale. Il occupait les n°s 11 et 13 du quai Malaquais, aujourd'hui incorporés dans l'École des Beaux-Arts.

embarrassées, dont le soin revint à Gourville en qualité d'exécuteur testamentaire, ses créanciers avaient fait décréter, c'est Gourville qui parle, « la maison qui est aujourd'huy l'hostel Crequy (c'est-à-dire « l'ancien hôtel Conti du quai Malaquais), et une autre maison que « madame du Plessis avoit fait bastir derrière l'hostel de Conti. » Grâce aux efforts de Gourville, le duc de Créquy racheta l'hôtel du quai Malaquais moyennant une surenchère, et le prince de Conti acheta la maison de derrière moyennant 90,000 l.

Cette maison était précisément celle qu'avait habitée Gourville en 1659, quoiqu'il néglige de s'en souvenir, et qu'on désignait alors sous le nom de petit hôtel Guénégaud, le futur hôtel Sillery. Cette identité se déduit du passage suivant de Jaillot : « La princesse de Conti avoit « acquis l'hôtel Guénégaud le 30 avril 1670. Les princes ses fils « l'augmentèrent par l'acquisition qu'ils firent le 25 mai 1679 du petit « hôtel Guénégaud. C'est celui qu'occupe aujourd'hui (1774) M. de « Laverdy, ministre d'État. » (*Recherches*. Quartier Saint-Germain-des-Prés, p. 69.)

Ainsi, la maison construite par Mansart pour Gourville en 1659, le petit hôtel Guénégaud, l'hôtel Sillery et l'hôtel Laverdy désignent une seule et même demeure. La grande porte du petit hôtel Guénégaud s'ouvrit sur l'impasse, presque à l'angle interne de l'équerre, à l'opposite et au-dessus de la façade principale du grand hôtel ; cette disposition permit de construire deux corps de logis, le premier à droite avec fenêtres latérales sur la petite place et sur le quai, l'autre au fond de l'impasse, avec dépendances, se prolongeant en retour jusqu'à la rencontre des jardins plantés le long de la rue Guénégaud. On avait ainsi, en réalité, deux hôtels distincts, avec une cour commune. J'en donnerai plus loin la description notariée.

Le prince de Conti, qui avait acheté le petit hôtel Guénégaud en 1679, dut le revendre presque aussitôt, puisque je le trouve possédé par le marquis de Sillery dès l'année 1684. Ce marquis de Sillery était Louis-Roger Brulart marquis de Puisieulx et de Sillery, petit-fils du chancelier Brulart, et qui mourut en 1691 ; son fils Roger, lieutenant général, chevalier des ordres, mort en 1719, substitua l'hôtel de l'impasse Conti, par acte reçu Melin, le 18 mars 1713, insinué le 3 août suivant, publié au Parc civil du Châtelet le 20 mars 1714, ensaisiné le 8 mars 1744, en faveur de son frère Carloman-Philogène Brulart de Sillery, de qui il passa à son fils Louis-Philogène, mort en 1771 sans postérité, ce qui fit cesser la substitution. L'hôtel fut alors recueilli librement par Pierre-Claude-Charles Brulart marquis de Genlis, comme héritier de Charles Brulart de Sillery, son père, représentant le dernier rameau de la branche cadette des Brulart, issue de Noël Brulart, grand-oncle du chancelier.

Pierre-Claude-Charles Brulart marquis de Genlis, né le (15 ou 25)

HOTEL SILLERY

mars 1733, colonel aux grenadiers de France en 1752, avait épousé
Jeanne-Marie-Pulchérie Riothor de Villemeur. M. Lefeuve l'a con-
fondu, dans sa notice du quai Conti (*les Anciennes Maisons de Paris*,
t. VIII, p. 27), avec son frère puîné Charles-Alexis, né le (21 ou le
31) janvier 1737, qui épousa Étiennette-Félicité Ducrest de Saint-
Aubin, la fameuse comtesse de Genlis.

Le marquis de Genlis abandonna la nue-propriété de l'hôtel du quai
Conti par acte du 22 septembre 1778 à la marquise sa femme, mais
c'est de lui que M. de Permon tenait sa location verbale.

La marquise de Genlis vendit sa nue-propriété par contrat reçu
Mignard et Thiboust, le 22 fructidor an X, à Charles-Antoine Charlier de
Sainte-Reine et Anne-Marie Rossignol, son épouse, déjà cessionnaires
de l'usufruit du marquis de Genlis, alors retiré à Soissons. La maison
est ainsi décrite dans ce contrat, daté de la deuxième année du siècle
(9 septembre 1802) : « Maison appelée de Sillery, située à Paris, cul-
« de-sac des Quatre-Nations, derrière l'hôtel de la Monnoye ; con-
« sistant en un grand corps de logis ayant vue sur le quai des Quatre-
« Nations ; composé d'un grand rez-de-chaussée, deux étages carrés,
« chambres lambrissées et greniers au-dessus ; caves au-dessous ;
« grande cour ; sur le derrière un corps de logis composé par bas de
« remises et autres pièces ; deux étages, chambres lambrissées par
« dessus ; petite cour à porte cochère dans le fond du cul-de-sac ;
« écuries, remises et logement au-dessus, et autres appartenances et
« dépendances ; le tout d'une contenance de 808 mètres 50.

« Tenant d'un côté au citoyen Dargent (n° 15 d'aujourd'hui), d'autre
« au cul-de-sac des Quatre-Nations, par derrière au collège du même
« nom et à la Monnoie ; par devant sur le quai ; ladite maison ayant
« son entrée par le cul-de-sac. »

Cet état des lieux n'a subi aucune modification depuis quatre-
vingt-trois ans.

M. Charlier de Sainte-Reine, successeur immédiat de la famille de
Genlis dans la propriété de l'hôtel Sillery, avait été incarcéré pendant
la Révolution ; plus heureux que M. de Laverdy, il fut délivré par le
9 Thermidor. L'hôtel appartient aujourd'hui à sa descendance en
ligne directe, représentée par madame Tandeau de Marsac et madame
Gracian-Garros.

Le premier étage, occupé de 1785 à 1792 par M. de Permon, fut
habité depuis l'an X par ses nouveaux acquéreurs. M. Charlier de
Sainte-Reine y mourut en 1830 et sa veuve en 1842.

Après madame de Sainte-Reine, l'appartement fut occupé pendant
huit ans (1842-50) par M. Guichard de Noas et par son gendre, M. le
comte de Fresne, membre de la Société des Bibliophiles, fils d'un
conseiller d'État de la Restauration. Citons encore, comme locataires
de cet appartement historique, madame Davanne (1850-9), M. Boit-

telle, ancien préfet de police (1859-71), M. Lévêque Vilmorin (1871-4) et M. Foulc (1874-81), dont la collection, bien connue des amateurs, est riche en objets d'art et en gravures précieuses. L'appartement était à louer en 1882, au moment où j'entrepris la présente étude, M. Foulc l'ayant quitté tout récemment pour le quai de Billy, où sa collection se trouve plus à l'aise. C'est là qu'il a réédifié, dans une très vaste salle, le jubé de la chapelle du château de Pagny[1].

M. Foulc eut pour remplaçants (1881) M. et madame Dieulafoy; enfin, depuis un an, l'appartement est habité par madame Gracian-Garros, l'une des propriétaires de l'hôtel.

Le second étage de l'ancien hôtel Sillery ne doit pas être oublié, car il abrita pendant vingt-sept ans les glorieux services du baron Larrey, l'illustre chirurgien en chef de la garde impériale (1805-1832). Les almanachs impériaux et royaux depuis l'an XIII jusqu'à 1814 indiquent l'adresse du baron Larrey « petite place Conti, » ce qui nous donne une dénomination nouvelle pour la place, et montre que le nom de place Conti subsistait concurremment avec le nom officiel de place de la Monnaie; il en était de même pour le quai, désigné tantôt sous l'un, tantôt sous l'autre nom.

En 1814 et années suivantes, la demeure de Larrey est indiquée à l'Almanach royal cul-de-sac Conti n° 1, puis au n° 3 jusqu'à 1832, époque où il alla loger aux Invalides; ce numérotage est encore reproduit dans des actes récents.

On ne comprend pas au premier abord comment une maison située à droite en venant de la Seine pouvait porter des numéros impairs. C'est cependant bien simple. Les voyers de 1806 classèrent le cul-de-sac Conti parmi les voies parallèles à la Seine, tandis qu'il est aujourd'hui classé comme perpendiculaire. D'où deux ordres de numérotage : le plus ancien commence par le fond de l'impasse et donne par conséquent les numéros impairs à gauche, savoir le n° 1 à la porte de la petite cour et le n° 3 à la grande porte de l'hôtel Sillery ; tandis que la façade latérale de la Monnaie se trouve à droite en marchant vers le quai et reçoit le n° 2. Aujourd'hui c'est le contraire ; on part du quai pour se diriger vers le fond de l'impasse ; la Monnaie se trouve ainsi à gauche avec le n° 1, tandis que la grande porte de l'hôtel Sillery reçoit le n° 2 et la porte de la petite cour le numéro 4.

---

1. Je dois ces renseignements circonstanciés à l'obligeance de madame Gracian-Garros et aussi à mon éminent et savant confrère M. le baron Pichon.

II.

La portion de l'ancien faubourg Saint-Germain, au centre de laquelle se trouve placé et comme enfoui l'ancien hôtel de Sillery, a subi depuis cent ans des dénominations bien diverses. Jusqu'à la Révolution, elle fit partie du quartier Saint-Germain-des-Prés. Mais l'ancien quai de Nesle, puis Guénegaud, aujourd'hui quai Conti, se trouvait subdivisé, dès les dernières années du xvii° siècle, en deux sections : la première, de la rue Dauphine jusqu'au pavillon oriental du collège Mazarin, portait seule le nom de quai Conti ; la seconde, comprenant toute la façade du collège Mazarin et de ses deux pavillons, se nommait quai des Quatre-Nations jusqu'au delà du débouché de la rue de Seine, où il rencontrait le quai Malaquais.

Cent ans plus tard, les deux sections se trouvèrent séparées par une troisième de la manière suivante : du coin O. de la rue Dauphine à l'angle O. de l'hôtel des Monnaies et E. du cul-de-sac, ce fut le quai Conti ; de l'angle O. du cul-de-sac jusqu'au pavillon E. du collège Mazarin, ce furent le cul-de-sac et la place Conti. La troisième section continua d'être, comme auparavant, le quai des Quatre-Nations, sur toute la façade du collège Mazarin. Après la Révolution, le quai Conti devint le quai des Quatre-Nations, puis de l'Unité, compris dans la 27° division du même nom, ci-devant des Quatre-Nations. Il fut appelé officiellement quai de la Monnaie à partir de 1805-6 ; mais le cul-de-sac et la place gardèrent quelques mois encore leur individualité, sous les noms de cul-de-sac et place de la Monnaie.

Watin, en 1788, numérotait quatre portes dans le cul-de-sac, dont deux attribuées, du côté gauche, à l'hôtel des Monnaies ; les deux autres (3 et 4), du côté droit. L'hôtel Laverdy, numéroté 3 par Watin, était alors occupé par Clément-Charles-François de Laverdy, écuyer, marquis de Gambais, ministre d'État, conseiller d'honneur au Parlement de Paris, membre de l'Académie royale des belles-lettres, par sa fille la marquise de Labriffe-Gambais, et par le vicomte et la vicomtesse de Sesmaisons.

M. de Laverdy, qui avait eu le mérite, étant contrôleur général en 1767, de proposer et de faire adopter la construction d'un hôtel monumental des Monnaies sur l'emplacement de l'hôtel Conti, dut laisser à son successeur médiat, l'abbé Terray, l'honneur d'en poser la première pierre en 1771. L'ancien contrôleur-général put assister à cette cérémonie sans déplacement, car il avait pris domicile à l'hôtel Sillery dès 1770 ; il habitait le corps de logis du fond qui se présente à main gauche en entrant dans la cour d'honneur. C'est là qu'il se laissa surprendre par la Révolution, qui le fit périr sur l'échafaud le 24 novembre 1793, à soixante-dix ans. A une époque que je ne puis déterminer, le cul-de-sac Conti ou de la Monnaie fut dénommé impasse Laverdy ; je le sais pour avoir vu de mes yeux ces deux mots tracés en noir sur une plaque jaune encadrée de bleu, peinte au mur latéral de l'hôtel des Monnaies, en face de l'hôtel de Sillery, et qu'on aperçoit encore derrière la plaque bleue où se détache en lettres blanches la dénomination actuelle d'impasse Conti.

La nomenclature de Watin saute par-dessus le numéro 4 et recommence au n° 5, désigné comme habité (partiellement s'entend) par madame la comtesse de Chaudon. Or, le n° 5 désigne très certainement la façade de l'hôtel de Sillery donnant sur la place et sur le quai, numérotée 13 aujourd'hui et occupée au rez-de-chaussée par la librairie Pigoreau, ci-devant Nyon. L'Almanach du commerce, fondé par La Tynna et continué par Bottin, m'en fournit une preuve irrécusable par la comparaison des adresses de l'an XII, dernière année du numérotage sectionnaire des maisons, et de l'an XIII, première année du numérotage créé par le décret impérial du 7 février 1805.

L'adresse de la librairie Nyon est donnée à l'almanach de l'an XII : « Quai et division de l'Unité, n° 1880, » et à l'almanach de l'an XIII : « place de la Monnaie, n° 5. » Or, la librairie Nyon, comme il est facile de s'en assurer et comme le répète M. Roussel dans la lettre que j'ai citée, s'étant installée à l'hôtel de Sillery dès le commencement du Consulat, il n'y a pas à douter que le n° 5 de la place de la Monnaie ne désignât, en 1805, l'hôtel de Sillery, l'habitation de M. de Permon et la mansarde du jeune Bonaparte.

Ce même numéro 5 fut d'abord maintenu par le premier numérotage exécuté en vertu du décret de 1806, qui, comprenant le cul-de-sac et la place Conti dans une série unique, attribuait les n°s 1 et 3 de l'impasse aux deux portes de l'hôtel de Sillery, et continuait en retour sur la place par le n° 5. Mais ce numérotage fut réformé dès l'année suivante.

Il suit de là que de 1788 à 1806, c'est-à-dire pendant dix-huit ans, l'hôtel Sillery porta le n° 5 sur la place Conti.

C'est là que j'en voulais arriver, car une erreur en archéologie comme en histoire ne me paraît complètement détruite que lorsqu'elle est expliquée. L'explication est ici toute simple ; la tradition orale voulait que la mansarde de l'Empereur fût au n° 5 ; l'une et l'autre ont été naturellement transportées au n° 5 actuel, à l'angle droit de la rue de Nevers, lorsqu'après un demi-siècle on eut oublié qu'il avait existé un n° 5 spécialement appliqué au cul-de-sac et à la place Conti.

En effet, le numérotage actuel du quai fut établi à la fin de 1806, sous le nom du quai de la Monnaie, depuis la rue Dauphine (alors Thionville), jusques et y compris le pavillon ouest du collège Mazarin, alors palais des Beaux-Arts, aujourd'hui de l'Institut. L'ancien quai des Quatre-Nations prit le nom de place du Palais des Beaux-Arts, tout en continuant la série des numéros du quai de la Monnaie. Le Palais des Beaux-Arts le terminait alors avec le numéro 23; l'Institut porte aujourd'hui les trois numéros 21-23-25 sur le quai Conti.

APPENDICE.

Je ne veux pas quitter le quai Conti sans dire un mot de la maison mitoyenne avec l'ancien hôtel Sillery et qui porte le n° 15. M. Amaury Duval, l'un des membres les plus laborieux de l'Académie des inscriptions, et sa sœur, connue sous le nom de son second mari M. Guyet-Desfontaines, puis leur fils et neveu, M. Amaury Duval, l'éminent peintre d'histoire, y tinrent, de 1825 à 1832, un salon très fréquenté et qui, m'écrit un de nos plus savants et plus spirituels académiciens, faisait presque concurrence à Charles Nodier et à ses dimanches de l'Arsenal. On y rencontrait les Nodier, Soulié, Alexandre Dumas, Brizeux, Alexandre Duval (l'oncle), madame Delphine Gay, Ingres, Devéria, Thiers, Mignet, les Larrey père et fils; on y entendit, entre autres artistes célèbres, Nourrit, Levasseur, Ponchard, madame Damoreau, etc.

Ce n'est pas tout. Dans l'entresol de cette maison prédestinée, (actuellement occupé par un graveur), demeura jusqu'à sa mort mademoiselle Louise Bertin, qui eut l'honneur d'attacher sa renommée de musicienne à l'*Esmeralda* de Victor Hugo. Ses soirées, entièrement consacrées à l'exécution de ses œuvres symphoniques, ne réunissaient qu'un petit nombre d'élus triés sur le volet, parmi lesquels deux ou trois diplomates célèbres, au nombre desquels il faut compter Meyerbeer, qui tenaient consciencieusement jusqu'au bout. Cependant, on y vit dormir un soir l'illustre auteur des *Huguenots*, qui dut se reprocher amèrement cet instant d'oubli.

Imprimerie DAUPELEY-GOUVERNEUR, à Nogent-le-Rotrou.

www.ingramcontent.com/pod-product-compliance
Lightning Source LLC
Chambersburg PA
CBHW050724070726
47597CB00009B/3781